세상의 문

세상의 문

박현태 시집

토담미디어

序

가지 끝에
빨간 열매 곱게 익어
볼록하게 숙이고 있다
안온함을 윤기로 덮어
참, 정갈하다
열매의 한 해 살이가
내 백세살이 보다 난 듯하다

시를 쓰다가 엉뚱한 생각에
빠지려는데
보글보글 찻물이 끓는다
입술로 건져 올리는 차 맛으로
하루의 간을 본다

욕심을 부리지 말자
아침 해가 차렷 자세로
동쪽에서 뛰어 갈 준비를 한다.

2016년 수리산하에서
平西 박현태

5

차례

1부

공원 옆집

우리 옆집에
새가 살고
그 옆집에
다람쥐가 살고

나무와 풀과 꽃과
비스듬한 언덕과
오솔길
햇빛 나고 이따금 비
눈도 내리는 공원에는

봄 여름 가을 겨울들이
번갈아 살아간다.

봄

요란턴 비 그치고

꽃들이 하나 둘
입술을 열자

순식간에 덮치는
붉은 함성

봄은
그렇게 혁명처럼 왔고

시민들 박수 소리가
세상을 바꾸고 있다.

혼자

햇살

나무의자

날 지난 신문

병 바닥에 남은 소주

숟가락

나이

그리고 옆집에서 들려오는

세탁기 소리

겨울

오후.

세상의 문

앉아 있거나 떠나보는 게
얼마나 다르랴마는
턱을 고이고
그리그의 솔베이지송을 들으면서
일광욕 당하고 있는 샤갈의 붓끝을 본다
어느 언덕 위에서 피고 있을
자주색 들국화를 생각해낸다
세상의 문을 내 맘대로 여닫을 수 있다면
꿈속에 살던 청춘의 한가운데
옥토페스티벌에 가서
맥주 나르던 알바를 그리워해본다
생각만 해도 행복하다

오늘은 가을 햇볕 노랗게 가볍고
가뭇없이 떠나기 좋은 날
지상의 어느 곳
어느 낯선 거리에

짐을 풀 수 있을지
비탈리의 샤콘드처럼
적막하게 살아 있는 날의 오후
운명처럼 세상의 문을 나선다.

푸르른 날에

막
조물조물 빨아서
탁탁 털어 널은 구름이
하늘 가운데 팔랑이고

저기 바다만치
판판하게 주물러
넓고 길게 펼쳐놓은 들판에

누가 잃어버린 몽상
뿔테안경 끼고 바라본다

세상은 싱그럽게 푸르다.

달빛 그림자

봄 밤
꽃피는 매화 가지에
보름달 걸렸다

몸을 빼려는 달이
가지를 흔들자
나무를 베고 잠든 새가
푸드득 놀라
꿈을 깨는데

묽은 수묵화 한 폭
달빛 안고 흔든다

고요한 밤이 샘물 같다.

가을비

비로소
비가 빗소리를 낸다

꽃 지고
잎도 지고
열매까지 떨군

가지와 가지를
튕기며 젖는
가시
비.

따뜻한 나라

봄이
산란을 시작하네요

고드름을 떼 낸 자리에서
쌀알 같은 순이 돋네요

조금은 이른 입춘에
강물이 맥없이 풀리네요

멀리 가야 할 겨울이
부르튼 발을 물빛에 담구고
떠날 채비하네요

따뜻한 나라에서 온 얼굴들이
서로 쳐다보며 뾰족뾰족 돋네요

아, 봄이네요─.

마을버스 기다리며

상상은 풍경이 아니다

식당 앞 포도나무 옆에 나무의자가 있고

버스정거장 안내판에 시가 지나간다

아무나 붙잡고 오늘이 며칠이냐고 묻고 싶을 때

쯤, 붉은 집 곁에 파란 집이 있고

그들은 그들의 세계를 누리고 있다

명상은 겸허할 때 실물처럼 나타난다

저 산

날마다 똑같은 풍경 같아도

그들의 비밀 속에는 다툼, 밀어, 교미, 산통, 나눔

생사가 있고, 거짓 같지만 거침없이

적자생존 지켜간다

저 봐라! 그래 저렇게 봄 여름 가을 겨울이

줄창 다르잖은가

아무리 바빠도 현실이 세상을 건너뛸 순 없고

곧은길을 보면 달리고 싶다 그런데도 여태

버스는 안 오고, 다시

어젯밤 숲에 떨어져 놀던 혼들이
승천하는 중인데 이것은 비밀이 안 된다
상상으로 만들어내는 동화 같은 거
노동자의 노래에 담긴 통증 같은 거
군중 속에 숨은 장중한 비애 같은 거
만약에, 우리 생명이 버스안내판처럼
대기 시간이 숫자로 나온다면, 또는 모래시계처럼
속을 보이면서 줄어든다면……
풍경이 상상을 연출할 때
마을 버스가 왔다
버스는 나를 태우고 상상처럼 간다.

꽃구경 가는 날

봄이 오고
너를 보고 싶은 날
꽃구경 간다

낯선 플랫폼에 나서니
전단지를 돌리던 아줌마가 빤히 본다
그녀의 따뜻한 시선에서
기어 나온 애틋함이
한참을 따라온다

굶은 창자에서 물 흐르는 소리가 나는데도
세속의 욕락을 즐기는 재미 탓에
계속 걷는다
또박또박 홍매화 벌어지는 꽃길을……

그렇다
먹어가는 나이가 두려운 게 아니라

추억 없이 보내는

봄날의 통증이 꽃피듯 아프다.

밤으로 가는 길

밤은
자기 몸을
한 장씩 또는 얇게
유리창 외피에 덧대고 있을 때

나는
하늘 아래 무슨 일이
일어나지 않을까 하고
네모진 창밖에로
동그란 눈알을 들이대고 본다

세상은 잠들고
흑의 바닥에 칠흑이 쌓이고
또는 울창한 아파트 숲을
옆으로 내려다보고 있는데

오래 구전된 저들의 이름과

잠시 잠깐 안아 본 몽마르트 여인

꺼벙이, 잠자리 날개, 당나귀 새끼 같이

몸서리치게 고요한 밤

문득 바람 한 자락

치마 벗듯 지나가고―.

무지개

짐승의 교미처럼
후다닥
쏟아지는 소나기
물비린내 풍기는
머언 지평선에
일곱 색깔 굴렁쇠
꿈꾸며 굴러 와서
넘어가는 햇빛에
걸리는 목걸이—.

갈대는 시월에 아름답다

네가 떠나던

그날

바람에 안겨 우는

벌새처럼

갈대는

서러운

시월에 아름답다.

달에 대한 과학적 소고

태초

지구가

낳은 알을

우리는 달이라 부른다

부글부글 끓는 몸으로

둥글게 알을 낳고

그 자리에 고인 양수를

우리는 태평양이라 부른다

그리운 그리움을 불러내듯

달아 달아 밝은 달아

어르고 달래고 보듬고

지구를 수구라 부르지 않는

연유도 까닭도 조그만 착각도

비로소 과학적이다.

초혼제

겨울바람 속에

시인 윤동주의 번민이 숨어있다

귀 기울여 들어보면

어느 기도문보다 간절한 주문과

어떤 탄식보다 간곡한 독백이

잠든 새에게로 전달된다

에밀리 디킨슨의 고독

마른 대지는 살갗이 터지고

언 가지에 들이대는 회초리

가벼운 것들 더는 갈 곳을 잃었고

고요가 숨어든 구멍마다

빈속을 게워내는 밤

일곱 번째 집과 여덟 번째 집이

바람 앞에 나란히 서 있고

지상에서 죽은

모든 혼을 불러 모아 치르는

겨울 밤 초혼제—.

다시 쓰여지는 시

쓰던 시를 버린다

시가 허공이 된다

허공은 바닥이 없다

허무는 주변이 없다

삶이란
피뢰침의 서치라이트 같은 것

시가
꿈과 사랑, 다시 쓰여질
여백으로 기다린다.

그냥 그리 사는 날

전철 타고 서정리 지제를 지나 평택에 내린다
플랫폼에 나오자 눈발이 날린다
묽은 어둠이 연무처럼 깔리는 광장을 지나
길을 건너려 빨간 신호등 앞에서 기다리는데
베레모를 쓴 군인이
어깨를 주욱 펴고 뒤에 와서 선다

낯선 것은 이것만이 아니다
생각해보면 나는
세상을 사는 게 아니고 구경이나 한다
눈치나 살피고 흉내나 내고 말꼬리나 붙들고
생각해보면 나는
패키지여행에 묻어서 딱 그만큼
가깝지도 멀어지지도 않게 따라다니는―,
생각해보면 나는
남이 하는 사랑을 흉내 내듯
쓰고 읽고 까불고 비틀고 그리워하는―,

생각해보면 나는

신을 믿지 못하여 성당에도 법당에도

멀리서 눈치나 살피다가 돌아오는―,

생각해보면 나는

오늘 평택 처가妻家 기제삿날이다.

세속 또는 세속적

지식보다 지혜

지혜보다 명예

명예보다 권력

권력보다 재화

재화보다 마음

마음보다 사랑

사랑보다 건강

건강보다 순응

순응보다 깨침

허나

이 모두 자유 아니면 허당―.

산정일기

산에 올라
능선을 따라 걷는데
해가 계속 따라오고 있다

동행이 없는 터라
친구삼아 말도 걸어보고
물도 나눠 마시고

정오가 되자
배낭을 열어 김밥과 귤을 꺼내놓고
잠시 모르는 체 했더니

혼자
산 너머 가서 뉘엿거리고 있다

그래 우리 오늘 하루 잘 지냈느니
잘 가거라

너는 서쪽 하늘로

나는 동쪽 마을로

내일도 우리 어디서든 또 만날 수 있을지―.

해 뜨는 바다

막
돋는 해
수평선이
홍시 같다

놀란
물비늘들
떼나비 같다

산통을 거둔 바다가
어미처럼 웃는데

지상의 아름다움
모두 물속으로 빠진다.

우수와 명상

고요가

바람을 잠재운다

비가 오려나보다

하늘이

청색 자락을 흔드는데

언제 왔나

유리창 외피에 빗방울 맺힌다

저들이 저러는 사이

요란한 소리를 내며

쓰레기 수거차가 왔다 가고

멀리서 창공 한켠이 빼꼼하게

에리다누스의 별이 진다.

그렇게 세상은 명상처럼 숙이면서

까닭 없는 우수가 가슴에 고인다

비가 오려나보다.

겨울 산에 오르다

이 겨울
몇 번의 눈이 내려 얼마나 쌓였는지
백마의 등처럼 둥글게 누운 능선 따라
국화빵 같은 자욱들
두 줄 나란히 올라가고 있다

눈 그치고,
산짐승의 발길이 잠시 비켜간 비탈에 이르자
유리알처럼 반짝이는 상고대 꽃밭이
흐드러지게 피었고
저만치 먼저 오른 젊은 대원들이
따라붙지 못하는 늙은 나를 애타하는데
놀란 장끼 한 마리 동천을 난다

이미
산 아래 당도한 묽은 봄이
언제쯤 산정까지 올라올라나 몰라도

저보게! 가지 표피에 기어든 초록물이

힘을 받아 수시로 울뚝불뚝 하는데

젊은 그대가 덜렁 받아가는 내 등짐

그리하여

먼저 사람이 길을 내고

길이 사람을 보듬어

묵묵하고 환하게 겨울산 오른다.

낙엽이 지는 이유

나무가
나뭇잎에게
곧 겨울이 오고
온몸을 사시나무처럼
떨어야 할 것이라고 하자

잎이
여름내 키워준
은공을 갚으려고
서둘러 떨어져서
나무의 발치를 덮어주고 있다.

백화쟁명

풀이
풀 때문에

얼마나 많은
풀들이
제풀에 쓰러졌을까

꽃도
꽃 때문에 피고 지느니

세상 어떤 생명도
서로 다투어
죽고 살고 하느니—.

비닐의 시대

아내 말로
시커먼 비니루 같은 당신의 속을
어떻게 알겠느냐고

지금 우리는 비닐의 시대
너나 나나 검정 비닐처럼
속을 보여주지 않으며 산다

색깔이 속물 같아서 그런지
값이 너무 헐해서 그런지
아무리 얇아도 보이지 않는 속 때문인지
아무 때 어디서나
건습을 불문하고 미추를 구별 않고
공짜로 덤으로 덥석 담아줘도
아무렇지도 고맙지도 않는—

그래도 도무지 알 수 없는 그 속에

간칼치 여덟 토막을 쑤셔 넣고
산본시장 기역자 모퉁이를 나오며
바람보다 더 가볍고 구차하게
어둑해지는 하루를 걸어서
아내가 기다리는 집에 간다.

2부

끼리끼리 살다

산은 산끼리
바다는 바다끼리
나무는 나무끼리 새들은 새끼리
끼리가 좋아서
저 봐라 수리산 자락
복사꽃 흰그늘
색은 색끼리 백은 백끼리
저들 저러하여
세상에 외로운 것은 없다, 다만
끼리에 끼이지 못하면 그리 된다.

아내의 겨울

눈이 오고
옥양목 같이 서 있는
하늘 아래

꿈꾸듯
아름다운
저들의 새벽

한 잎
또 한 잎
살구꽃 떨어지듯
눈이 내린다

아내야
이제 일어나
저들을 보렴.

시월에

하늘이 새파래지자

바람이 혀를 내밀어
날름이고 있다

저 봐라

누가 은하수를 건너는
시월에

지휘봉을 흔드는 마에스트로

가을이
새처럼
가지에서 가지로 옮기고 있다.

봄 타기

딸기가 익자 꽃게장도 익는다

산새 울고
숲이 보이는 창가에
봄바람 분다

오후엔 꽃구경 나가
두어 시간 걷다가 카페에 들러
모카 한 잔 마시고

혹 날이 흐리면
그 집 국밥 먹으며
희고 굵고 두루뭉술한
주인 아지매 허리통을 보다가

늦었다 싶어도 뛰지 않고
걸어서 날씬하게 집에 온다.

목련꽃 필 무렵

손녀와 놀던 유리구슬
그 속으로
해가
든다

몽환을 헤매던
봄의
오수가

고양이 목소리에 놀라
화들짝
탄산수처럼 터진다

목련꽃 그렇게 핀다
피더니 지고
지더니 핀다.

동면 이전

알밤이
톡톡
알집을 버리고
떨어진다

때맞춰
유성 하나
다 타지 못하고
땅을 친다

가을이
덤불 속으로
대가리를 디밀며
동면을 준비하고 있다

11월 달빛이
뛰어가고 있다.

흔들리는 밤

눈이 내리고
가로등 휘청거리고
가로수 휘파람 불고
달리는 차들
표범처럼 젖고
네 야릇한 미소가
옥수수 알처럼 입술에 빛나고

집에 가야 하는데
눈이 오고

오다가 그치고
또 오고—.

어부의 강

포구로 내려온
석양이
붉은 색을 물에 푸는데

뱃전에 손을 씻는 어부
구부러진 등짝에
반짝이는 물비늘

가을이 깊어가는 언덕에
볏짚을 태워 고기를 굽는데
등 푸른 강이
바다로 간다.

없는 날들의 일기

1
비가 오는데
젖는 소리가 긴 줄에 걸린다
문 닫고 앉은 여름
매미가 저토록 우는 까닭을
내 탓이듯
턱 고여 생각한다.

2
비 그치고
물방울이 연잎 위에 앉아
요리 구르고 저리 구르고
바람 따라 놀고 있다

미풍이 쉬자
이파리 끝에 쪼그리고 앉는
일 년 전의 그리움

〈

그리하여 햇빛에 몸을 말리고 있는
물방울
목숨이 줄어드는 줄도 모르고─.

3
맨 위에 구름
가운데 노을
그 밑에 바다

하늘이 열리면서
구름이 높아지고
노을이 옅어지고
바다가 넓어진다

저리 심상찮은 게 아무래도
천지간에 무슨 일 일어날지 모르겠는데

〈

바다가 파도를 시켜
삶을 묻는 질문처럼
사르락 사르락 몽돌을 씻고 있다.

4

골목 끝 국밥집 쪽문이 열리더니
키 작은 여자애가 간판 불을 켠다

유콘에 가야 할 늦은 가을 밤
왕소금에 전어 구워 술을 마신다

술에 취하여
육사의 광야를 외면서 걷는데

하늘 아래 지금은 아무 일도 없다.

5

겨울 숲

옆에 살다보면

밤바람 소리를 듣게 된다

눈보라가

몸속으로 들고

굶은 범처럼

으르렁

으르렁이며 달려들 때

틀어막을 수 없는 늙은 주둥이로

한숨 소리가 나온다.

6

바닷물을 마셔보아야 짠맛을 알게 되고

눈물을 흘려보아야 슬픔을 알게 된다

그리하여

산다는 것과 사랑한다는 것은

겪어보아야 스스로 깨닫는다

어찌

돌은 땅에서, 땅은 흙에서

무슨 감정을 나누고 사는지

외롭지 않은 네가, 외로운 나를

무슨 수로 알겠느냐.

7

시골 친구야

거기도 비 오나

혹 낙동강 물 불어 무우밭을 넘거든

날 불러라

덕분에 네 불콰한 얼굴 마주하여 술 한 잔하게

요즘도

말라가는 갈대들 밤마다 우는지—.

8
일기를 쓰면서 일기 안에는
쓰는 것보다 쓰지 못 하는 게 더 많고
세상에 알리고 싶은 것보다
감추고 싶은 게 더는 많아서
그럴지라도
멧새잠을 자면서 봉황을 꿈꾸듯
살아있어서 행복하다는 생각을 한다
내 평생 입도 손도 오므리고 살아왔는데
이제사 무엇을 얼마나 얻을 수 있겠는가
생각은 언제나 앞서가고
후회는 늘 지난 후에나 남았는데―.

9
내 삶의 주인은 누구일까
돈일까 명예일까 사랑일까
아니라고 해봤자

아내가 알고 있다

자나 깨나 수초처럼 휘감는 탐욕에게

내 놈은 무엇일까

땅을 돌로 친들 소용 있겠는가

그리하여

내 인생에 물비린내가 날지라도

심장에 꽂히는 탐욕의 유혹으로

이 날을 사느니

그리하여

청춘에 있었던 싱그러운 추억들을

알뜰살뜰 오려내어

박물관의 유물처럼 간직하고 싶고—.

가을에

창을 열어두었네

밤새 별들이 들어
거실에
흔적 두어 개 두고 갔네

식탁 위 대추 더 쪼그라들고
국화꽃 귀때기가
한층 벌어졌네

새들과 함께 10월 아침을 보는데
평생 묻어온 외로움
더 깊이 숨네ㅡ.

환절기

야구 중계가 끝나고
TV를 끄자 바람 분다
가을이 오나보다
시계는 자정을 너머
저만치 가고 있는데
벌어진 창살 사이로
계절 앓는 소리가
발정 난 살쾡이처럼 보챈다
아무리 눈을 감아도
저들이 저러고 있으니
이 밤 단잠 들긴 틀렸다.

내가 살던 고향은

내가 하늘나라에 가서
니네 고향이 어디냐고 물으면
지구라고 말하고
참 아름답다고 자랑하리라

내가 한세상 살다 온 그곳에는
육지가 있고 바다가 있고 산이 있고
강이 흐르고 눈이 내리고 비가 오고
사람들이 사랑하면서 살고 있다고
알려주리라

땅에는 초목들이 서서 자라고
물에는 어패가 헤엄치며 놀고
산야에는 짐승과 벌 나비가 날고
곳곳마다 인간들이 끼리끼리 모여
춤추며 노래한다고 전하리라
〈

봄 여름 가을 겨울 남극 북극

오대양 육대주 고장마다 철따라

꽃 피고 새 운다고 말하고

낮에는 해님이 세상을 밝혀주고

밤에는 달과 별이 고요히 비추어

아름답고 황홀한 고장이라 하리라.

고요를 깨우다

물방울이
톡 톡 톡
적막한 밤

왜 떨어지는지는 몰라도
한 치의 오차도 없이
톡 톡 톡
고요를 깨우고 있다

잠들지 못한
세상 걱정이
우주만큼 무겁다.

눈 내리는 날

겨울이
신호등 앞에서 기다리네

좌회전 화살표 따라
건너편 약국 간판을 보네
무슨 약을 먹어야
가을을 살릴 수 있을까

내게 남은 날들에서
또 하루가
빠져나가고 있는데
외투처럼 두터운 세상이
침묵을 걸치고 마주 보네

파란 불 켜지고
백상지 낱장 같은 눈이
폴락폴락 뛰어와서 안기네.

영혼의 먹이를 찾아서

떠나자 외롭고

낯설어

멜리나 메르쿠리의 아가피모우처럼

서러울지라도

하늘의 어느 별 지상의 어느 꽃

세상의 어느 바람이 몰라라 그냥

스쳐가겠는가

늙어가는 막바지의 가을

비탈리의 샤콘느처럼 적막하게

어쩌면 내 살아있는 날의

마지막 열차일지라도

멈추지 말고 더듬더듬

먹이를 찾아가는 짐승처럼

내 영혼이 감춰 둔 사랑과 평화

그것들을 살피러 가 보자

언제 내 이런 흥분 이런 도취가

생의 끝자락에 다시 미쳐주겠나—.

눈 내리는 저녁

백양나무 숲에
아기 손이
가슴을 쓰다듬듯
눈이 내린다

아무도 오지 않는
빼꼼한 오솔길
어스름 드는데
하얀 나비 떼 무더기로 춤추며
눈이 내린다

그리하여 이 숲을 지나
우리 어딘들 가야 할 텐데

조금씩 지워지는
회백색 묵화 무늬가
솜이불처럼 폭신하도록

백양나무 가는 가지에

눈이 내린다.

멀다

우리 둘
마주 앉은
찻잔의 거리
참
멀다

서로 몰랐던
그때보다
더 깊고
아득하게
낯설다.

상심

겨울 마당
한가운데 앉았는데
수도꼭지에
톡톡 물방울 떨어진다
저것도 눈물 같다

마음이 하루 종일
빙점 아래 있고
등에 업힌 잡념이
산처럼 무겁다

저것은 눈 저것은 물
바다같은 상심이
마당 가득 고인다.

탑
― 무지개

땅

하늘

사이에

여름 소나기에 씻긴 윌리엄 눈썹에

말갛게

걸린

보

남

파

초

노

주

빨강

가운데

빨주노초파남보.

달 가듯

저 달
누구에게 길을 물었나
참 순리로 간다
가을 밤 깊어지는데
통나무 한 개가
강물에 실려 가면서
고래 새끼처럼 삐삐거린다

내게 남은 날 몇이나 될가
나이를 먹으며 아침을 굶는데
독하게 산다고 수명이 몇 센티나
길어질 수 있을지
담배를 끊고 술을 줄이고 말을 삼가고
그리 산다고 즐거울 수 있을지

그럴까 아닐까
속을 태울수록 아물거리는 속셈처럼

깊어지는 밤, 달과 간다

가다가 서너 번
참 곱게 돌아본다.

영하로 얼다

삶을 묻는 질문처럼
끊임없이 오더니
가고 가더니 오고

기중기로 들어도 들리지 않는
무거운 밤이 쪼글쪼글
까만 머루알처럼 말라가고

밥 먹듯 해온 변절의 날들이
대나무 마디처럼
쩍쩍 얼어서 터지고

새파란 칼끝이 모가지에 와서 끝내
남은 결기까지 붙들어 간다.

같거나 다르게

기차는 가는데 비는 온다

유리창 외피는 젖는데
유리창 내피는 말끔타

맺히는 물방울과
구르는 물방울이
같거나 서로 다르다

저들 세상 그대로 두고

철거덕 철거덕
기차는 가고 비는 온다

세상사 절대 간섭되지 않는다.

휴休

밥을 주지 않았더니
시계가 죽었다

똑딱똑딱
쉬지 못하던 추가
입을 다문채
외다리 학처럼 거꾸로 서서
정과 동의 선택을 숙고하고 있다

그렇다고 시간이 가지 않는 건 아니다

잠시 시계 혼자 쉬고 있는데
나는 조바심을 떨며
밥 먹일 준비를 한다

죽음과 삶에 대하여 또는
영원과 순간의 차이에 대하여

가슴을 조아리며 쉬지 못한다

명의 생사가
시계처럼 굶기면 죽고
먹이면 다시 살아나는
휴식같음 좋겠다.

숲에 오는 눈

겨울의

그 길, 아무도 가지 않았다

바람이 불고 눈이 왔으나

세상 바뀔 때까지

누구도 찾아오지 않았다

내가 그곳에 갔을 때

산그늘이 내려와 있었다

얼마나 여러번

무게 지운 고독이 지나갔는지

오래된 눈이 노랗게 바래

양은냄비처럼 반짝거렸다

봄이 올라나

이웃한 개울물 소리가 잦아지더니

봄 눈 내린다

하얀 양모 같은 눈이 숲을 입힌다.

함박눈

소복 입은

하얀 여인

버선발 사뿐사뿐

속옷자락 나풀나풀

나비의 겨울 꿈이

머리 풀고 주저앉는

지상의 겨울

그리하여 바람은

울지 않고 잠든다.

3부

남은 날의 예찬

하루

하루

곶감 빼먹듯

가뭇없이 사라지는

내게

남은

날

간간하고 달콤한

시간의 멱살을 잡고

여차하면 같이 죽자.

만리포에서

이 포구 어디까지가 만 리인가

수평선을 어림 잡히고

디아스포라 행렬처럼
고개를 숙이고
열대 어종들 지나간다

지금은 파도가 잠자는 시간

얇은 물결이 하나씩
삶을 묻는 질문처럼 오더니
가고
가더니 오면서
이해하지 못하는 것들을
말갛게 씻어준다
〈

찰랑찰랑

꿈을 깨는 바다가

만 리나 된다.

국화 앞에서

밤이 깊어 가는데
죽은 친구 앞에서 술을 마신다

자기도 동배하고 싶은지
영정이 빙그레 웃는다
지나간 것들과 사라진 것들이
되풀이 들락이는
추억 앞에 앉아

하얀 국화꽃
노랗게 바랄 때까지
술을 마신다

퍼질러 마신 술들이
눈꼬리에 새다
울대를 기어오른다.

입추에

건들바람
대웅전 용마루에 올라 흔들
헐렁, 한다
저들이 저러는 것을 우리는
입추라 부른다.
산정에 드러누운 바윗등이
아직은 따뜻한데
새가 울자
먼저 물든 풀잎 하나 포로로
추녀 끝에 달랑이는 목어 눈깔에
누렇게 스친다

아, 가을이구나!

닫혀 있는 건 불안하다

엊그제부터
손만두집 북쪽 창문이 닫혀 있다
혹, 영업을 접었나 하고
빼꼼이 문틈을 봤더니
무쇠솥이 쇄쇄쇄 만두를 찌고 있다
어제부터
입술을 꼭 다물고 있는 아내 때문에
먹는 둥 마는 둥 집을 나왔더니
정오가 됐는데도 배는 고프지 않고
심장 쪽에서부터 쿵닥거리고 있다
오전 내내
벨 한번 울리지 않는 핸드폰을
반들반들 하도록 만지작이며
국수집에 왔더니
닫혀 있다
내 인생의 부록처럼 불안하다.

흐르는 것은 멈추지 않는다

강가에 앉아
강물 속
자화상을 본다

저리 희미한 그대는 누구인가
아브라카다브라
돌멩이를 던져 물었더니
블라인드 같은 물무늬가 일어나서
눈을 떼 가고 입술을 비틀고
턱을 구불친다

그리하여 그냥 두고
죽는 날까지 사는 것이 인생이고
흐르는 대로 흐르는 것이 세월이고
저 강도 다른 강처럼 바다로 간다.

그대에게 묻다

저들도 사람인가요

살해된 아이가 흙에 묻힌다

모닝커피를 마시던 TV 속
깨물린 입술에서
아이의 핏물이 찰랑인다

내가 지금 행복해도 되나요
신님

땅은 왜 저 아이를 제 몸에 묻나요

인간이 어떻게 살아야
사람이 되나요 신님

신이란 그대 이름

왜

우리에게 존재하나요.

가을비 낙타 등에

낙타 등에
가을 비 떨어지고 있다

늙은 낙타의 귀때기에
말고 둥근 물방울이 달린다

터럭이 젖고
젖은 눈썹을
비딱하게 반쯤 감고
덜컹거리는 턱으로
되새김질하고 있다
비가 오고
스산한 동물원 울타리에
운명이란 추상적 개념이 올라 앉아
우수에 젖는다

호모 솔리다우스

왜 우리는 저들을

두려워하지 않나요.

해동 무렵

수평선과 지평선이
입술을 비비고
바다와 육지가 나란히
몸을 맞댄
세상의 한가운데
황홀한 수작들이 들끓고 있다
저기가
이상하다
사랑한다는 것은 위험하다
운명이란 존재에 대한 복종이다
자연의 섭리란 저런 것이다.

호작질 몇 편

창
창은 집의 눈이다
창을 닫은 집은
안대 낀 굴이다.

거문고
낭창한 물결같이
뜯고 튕기고 울리고 달래는
오래된 허리춤
그대 고운 손.

열반
강을 건너려 배가
배가 있은들 임이
임이 있은들 멋이
멋이 있은들 힘이
힘이 있은들 맛이 없다.

사랑 낚기

낚시로 네 맘 낚을 수 있다면
저 멀리 바다까지 나가지 말고
네 무르팍 베고 누워 촐랑촐랑할 걸.

살풀이

사랑 때문에 한이 맺혔다
한이 묵어서 살이 되었다
살이 삭아서 한을 풀었다.

기항

수평선에 점
점이 커지더니
어선이 된다
얼마나 멀리 갔다 왔기에
목줄까지 간당간당
몸 담근 어선 한 척

기진맥진 기항한다.

  소나기

촛대바위에

운무가 휘돌더니

뇌성벽력이 ·

허공을 때리면서

장대소나기 지상을 덮친다.

  건널목

마악

건너려는데

분명

누가 날

불렀다니까.

어지럼증

지구도 돌고

사랑도 우정도 자동차 바퀴도

정신없이 돌아가는데

세상 혼자 멀쩡하다면

오히려 이상하지

누군들 우리 시대를

멀미 없이 살 수 있었을까

약 먹고 침 맞고 담배 끊고 술 줄이고

걷고 뛰고 하는데도

사지육신은 멀쩡하지 못하고

심신상사가 고르지 못한 차에

오늘은 거나하게 한 잔 하고

흔들리는 지축에다 대고 헛발질을 한다

인생무상 무중력으로

빙글 빙글 늙은 대가리를 휘돌려 본다.

여름 추상화

여름 오후가
크리스털에 담긴
백포도주처럼 고요한데
누굴까
피아노 소리로 엘리제를 위한다

그가 바치는 연주가
신을 향한 사모곡처럼
간절하게
성당 옆 이태리식당 후문을
돌아 나오더니
말을 타고 달리듯 사라진다

잠시 뜨거운 블랙홀에 빠진 듯
뜨거운 혼미를 맛보는데
이내 시원한 바람이 불고 간다.

가지에 달린 동면

겨울 가지에 열매처럼
누에고치 같기도
무당벌레 섶이거나
말매미 껍데기듯

그래 저들이
고치든 섶이든 껍데기든
모진 바람에 부대끼며
영하를 연명하는 둥지 하나

달랑달랑 겨울잠 자는데
백색이 천하를
광목처럼 깔고 앉아
질펀하게 얼고 있다.

도마 예찬

칼은 함부로 쓰는 게 아니다
도마는 그것을 허락한다
아내가 시집 와서 장만한
나무 도마가 있는데
도마의 나이는 대충 잡아
50년은 되었고
수만 번의 칼질을 여태도 버틴다
며칠 전 신문지에 싸서 처박아 두었다가
어제는 갈치 한 손을 싸들고 와서는
다시 꺼내어 토막을 치는데
늙은 도마가 패이고 닳은 속을
견디지 못하고 탁탁 튄다
그래, 저 만 번의 칼질
다만 도마만이 견딘다.

오래된 집에

서울 옆 푸른 동네에
집 한 채
동백아파트 1302동 1601호

이십 년 전 그 겨울밤
아내는 아들네 가고
아파트 뜨락, 밤 바람소리
싸리비로 쓸어내더니
보름달빛이 한지처럼 깔려
내내 고요하다

혹시 무슨 기척이라도 있을까
귀를 세워 창틈을 엿보는데
다만
시리도록 아슴한 밤이 다가 서서
빼꼼히 쳐다본다
세월이 덧없다 하더니만, 그런가보다.

날이 흐리면

우리 헤어지며

악수대신 손목을 잡았다

그날 이후

그날처럼 날이 흐리면

실핏줄에 전류가 흐르고

한동안 일기를 쓰지 않았다

늙어, 더 이상

마음은 아프지 않았다

다만 오늘밤도

손목이 저린다

비가 오려나보다.

가고 남은 것

속 파 먹은 수박
껍데기에 여름이 담겼다

쇠파리 날개가
냄새 곁을 맴돌며
길게 우는데

가을이
산에서 내려와
건들건들 시비를 건다

찾아가지 않는 유실물
저것들 누구의 추억일까!

존재의 이유

내가
빌딩 그늘에 깔려
노릿한 노인이 된 것도
맨땅에 붙어 피는 민들레도
수풀 속에 잠든 여치 새끼도
은색으로 빛나는
동강의 모래무치 날쌘 지느러미도
창공에 올라 들쥐를 노리는
독수리의 눈알도
모자를 눌러 쓰고 선글라스를 낀
하얀 여인의 가는 모가지도
천지의 조화, 세계의 아름다운
존재 이유다.

빙점

봄이 온다 하기에

혹시나 하고

눈밭에 나갔더니

발길 옮길 때마다

눈 속에서

뽀도독 뽀도독 소리가 나기에

혹시나 하고 헤쳐 엿보니

눈 밑 맨 흙에서

봄이 노란 기지개를 일으키고 있네

봄이 남쪽에서 뛰어 올 거라고 하더니

거짓말같이 눈웃음 짓는 새싹들

하나 둘 등불처럼

새파랗게 마음을 다독이네

얼음이 얼 때, 얼음이 녹을 때

빙점이 오르내리며

흙과 눈 사이에서 봄을 만들고 있네.

산을 걸으며

혼자 걸어도
혼자가 아니다

나무와 꽃과 바위와 돌과 구름과
골짜기 다람쥐와 까투리—
동무가 따로 있겠나
마음 맞지 않는 동무보다 낫고
사랑처럼 돌아서지 않고
내가 그렇다 하면
다 함께 그렇다 한다
속세의 삶들이
금수저 은수저 흙수저 할 때
산이 빙그레 웃는다
삶의 급수가 단지 그것 만이랴
니체, 에코, 나는 무신론자이고
그런 면에서 우리는 같은 열이다
산이 그렇다고 빙그레 알려준다.

운동장의 정오

커다란 발자국들이

운동장 가운데 무더기로 모여 있다

한낮의 빈터

야구공 한 개가 뙤약볕을 쬐고 있다

7대 4로 끝난 한일전

함성 뒤에 남은 잔음들을

부지런히 쪼아 먹는 하얀 비둘기

빛나는 팝콘 부스러기

달랑 두 개가 마주보고 앉은 나무의자

저들이 우리를 미치게 했거나 열광했거나

드디어 남은

숙연함

운동장의 정오에 퍼질러 앉은

둥근 흔적들이 말라가고 있다.

눈 길

하얀 노인이
하얀 길을 내고 있다

눈은 길밖으로 쫓겨나고

길
혼자
한 매디씩 자라고 있다

꼬부라진 겨울 해가
뉘엿뉘엿
눈을 퍼내고 있다.

봄 길

봄이 오는지
꽃들을
꽃가게 문 앞으로 내놓고
털이개로 겨울을 털어내고 있는 주인이
꽃구경하는 나를 은근히 감시하는데
꽃을 두고
우리가 네 것 내 것이라고 할지라도
꽃이 어찌 그러자고 하겠냐만
오늘은 왠지
좋은 일이 생길 것 같기도 하여
당신에게 가는 길
꽃 보며 간다.

유리창을 닦으며

유리창을 닦으면
안에서 밖이
밖에서 안이
서로 잘 보인다

지금 자네는
흐릿한 무엇을 보기위하여
어느 쪽을 닦는가

세상과 마음
그 둘 사이
어느 켠에 서 있는가

고요한 것들 모두
아직 미몽에 있는데.

4부

하얀 적막

눈이 내리면
바람도 하얗고
옆집 창문도 하얗다
단지
하수구의 열린 주둥이만 꺼멓다

그래도 눈은 내리고
내려서 쌓이는 골목 끄트머리에서
고양이가 운다

울다가 잦아지는 긴 여운 밑으로
납작하게 깔리는
겨울 적막
하얀 눈이 내려서 덮어준다.

제비꽃

긴 허리 낭창히 굽어 짚고
보라색 제비꽃 두어 송이 피었네
보고 안 본 듯 모르는 체 했더니
잊고 못 잊듯 아물아물 보이네
보릿고개 넘나들던 긴긴 삼사월
토담집 축담 밑에 뾰족이 나서
혹여나 밟힐까 하늘하늘 피던 꽃.

세상의 봄

요란턴 봄비 그치고
순식간에 덮치는
붉은 함성

그렇게도 봄은 혁명처럼 왔다

4·19의거도
프라하의 봄도
그렇게 왔다.

가을이 환상처럼

저기
가을이 오네

이상하구나
물가의 숲길에
사르키스의 마을 풍경이 서 있네

서너 개의 추억이
흐릿한 흰빛들을 데불고
또렷하게 나타나고
천 년 전의 얼굴들
유령처럼 사라지네

비가 오려는지
공원 뒷길
노릇하게 흔들리네.

가을 비 한밤중에

밤이 늦은데

건너편 폐차장에서
쾅쾅쾅
늙은 타이어를 패고 있다

저들은 잠시, 쉬고
후드득
빗방울 떨어지는데

신기하게도
내가 왜 아파하는지 궁금하다

한평생 단 한 번도 못 해본
사랑고백 하고 싶다.

초혼

단풍이
나부끼는
산마루 장대 끝에
미친년 속곳같이 펄럭이는
허공
뉘라서
저 살 떨리는 몸짓에
혼비백산 않으랴

저리 애절한 메아리는
누구의 목소리더냐.

가을 산책

가을바람 불자
떨어지지 않으려고
얼굴까지 뻘개진
사과들 몸부림
실루엣을 둘러 쓴 해바라기

긴 허리 축 늘어지는데
도심에서 나온 길이
뒷짐 지고 어정어정
가을 강에 빠진다

헷갈리는 것들 때문에
자꾸만 휘청거리는
늦은 산책길.

춘몽 깨우기

봄이 왔는데

하루 종일 햇볕을 쬐어도
손발은 자라지 않았다

살랑살랑 봄바람 불어도
웃음꽃 피지 않았다

세수를 하고 분칠을 하는데도
주름은 펴지질 않았다

걸어서 16층을 오르내려도
다리에 물이 오르지 않았다

그리운 마음만 깨어나서
이리저리 헤매고 다닌다.

우리 시대의 여름나기

밤새
뻐꾸기 울더니
하지 가고 삼복 든다

빗줄기 같이 쏟아지는 햇살
커피 물처럼 끓는 아스팔트의 열기

저들 폭염의 폭행에
새들은 깃털이 빠지고
줄장미 울타리가
골목까지 늘어진다

나는 숨겨둔 죽부인을 꺼내
여름 사랑할 준비를 하면서
아무도 몰라라
비워가는 도시를 걱정해본다.

세상의 아침

저들 보세요
강물에 반짝이는
아침 햇살 보세요
참 아름답고 곱네요

저들과 우리가 무엇이 다를까요
천상을 내려온 빛살과
지상을 건너는 강물이
서로 부둥켜 어우르네요

그때 누가
아침아, 라고 부르자

아이들 잠 깨는 소리
부엌에 밥물 넘는 소리
시동 거는 자동차 소리가
세상의 아침을 깨우네요.

은하에서 첫 박泊

오리온 좌에 짐을 풀었다
지난 여름 얼마나 가물었는지
은하수가 반으로 줄었다

오늘 밤 만찬의 주빈은 제우스고
메뉴는 곰 좌의 옆구리 살로 하고
후식은 가시오피아 차로

점촌에서
북극성까지는 꽤 먼 길이지만
은하철도999를 탔더니
내 나이 어마어마한데도
여행지의 밤은 신혼처럼 설렌다

모닝콜은 지구 시간으로
아침 0시라 일러둔다.

그리고 그 후

1

늙는다는 건
유행을 타지 않거나 타지 못하는
탓이다

문화란 달리는 버스 같거나
계절이 갈아입는 외피 같은 거

간혹 어제가
오늘 같고 오늘이 그제 같이
겹치거나 헷갈리며 늙는데

오전의 풍속이 오후에 바뀌어
남루하게 살게 한다.

2

외롭다는 것과 그립다는 것은

별반 다르지 않게

살을 빼 가고 키를 줄이고 뼈를 구부려

등을 휘게 한다

날이 어둑해지면

일 없이도

두근두근 세상을 휘돌아본다

그리고 그 후

머리로 지운다

가슴으로 지운다

생각대로 안된다

돌아앉는다

아세톤으로 문지른다

〈

마음을 마음대로 할 수 있다면
죽고 산다는 게 얼마나 쉬울까.

3
소년의 수염 나기는 여남은 살부터였고
이듬해 봄부터 더 빠르게 자랐고
까끌끌끌 빳빳하게 겨드랑이 사타구니 촛대뼈에도
봄풀처럼 보드랍게 자랐다
삶이란 그렇다
천명天命을 아는 사람은
하늘을 원망하지 않는다(순자)

조간신문을 화장실에서 읽는다
플뢰르 펠르랭이 흥미 있게 읽었다는
로랑 비네, 야스마나 카드라, 샤롤 단지그,
델핀 볼프강, 마르델 아니의 '관심구역'
나도 읽고 싶다

번역서가 없으면 나는 읽을 수가 없다

길을 잃은 자는 길을 묻지 않는다

시를 기절시킬 시를 써야지.

4
책상머리 그림 속 겨울이 걸려 있고
눈 속에 엎드린 작은 마을 외딴 집에
별빛 같은 등불이 켜 있다

그림 속의 눈은 봄에도
여름에도 가을에도 내리고 내려도
눈은 쌓이지 않는다

내 유년의 전설엔 붉은 늑대가 살았지
겨울밤을 간헐적으로 우는 늑대 소리가

큰 산 골짜기를 앙금엉금 내려와

넓은 들녘을 성큼성큼 달려올 때

무섭기도, 처연하기도 했다

허기진 늑대의 뱃속에서 절규의 작동을 걸어

부은 편도선을 타고 떨면서 나오는 소리

참 결연했어

돌담 모퉁이를 쓸어 담아

구멍 난 문풍지를 뚫고 확 덮쳐들며

어린 내 갈비뼈를 씹으려 했지

긴 그림자는 높은 산에서 생기고

거짓같이 산 인생이

흐릿한 추억을 남긴다.

5

그리고 그 후

봄이 왔을 때

나는 기차를 타고
바다가 있는 도시로 갔다

풍년이 들었고
아버지는 열심히 농사를 지어
쌀을 보내고 돈을 부치고
언문으로 편지를 써서 눈물 나게 하고
방학이면
여름 강변에 원두막을 짓고
풀섶에서 우는 여치소리 들으며
별빛 아래 헤세의 데미안을 읽었다
참외밭을 지키며 꿈을 꾸었고
눈 푸른 소녀에게 사랑의 편지를 썼다
그렇게 뒤척일 때
강물은 새벽까지 바다로 흘러가고
이반 데니소비치의 '하루'를 읽었다.

6

수 년 동안 꼭 같았던 어느 가을 날

새로 사귄 친구 한 놈과

우리는 도심에서 한참 떨어진

포구의 막술집에서 자주 술을 마셨다

비가 올 때도

꼬시래기라는 안주를 시켜

막걸리를 마시고 또 마셨다

오줌보가 차면 바다를 향해 우뚝 서서

고추를 꺼내 갈길 때

바다가 일어나 춤을 추었다

달빛은 파랬고 놀란 갈매기는 끼룩거렸다

그때 깨달은 것이

세상만사가 만만하거나 무섭거나

이쁘기도 하고 밉살스럽기도 하더라

〈

오래전 이야기지만 그때 벌써 나는

세상 사는 영악한 방법을 배우기 시작했고

잔꾀를 지혜라 여기게 되었어

그렇다

사람에 따라 세상의 크기도 다르고

선악의 기준도 다르고

사랑하는 방법도 다르다

생각해보면 나는

어머니 젖무덤에서부터

생존의 지혜를 익혀왔다.

나중에사 이것이 잔꾀의 다른 이름임을 알았다.

7

생각해보면

가끔 행복하기도 했다

삶이, 인생이, 팔자가

노틀루선트 클라우드* 같은 거

새벽하늘의 견명성 같이

작년 고향의 봄에
선산 조부의 무덤에 참배를 갔었다
사실 우리 할배가
나라를 위해 독립운동을 했는지
그냥 낭인이었는지
그것은 그닥 문제가 아니었다
그리 오래 만주벌판을 유랑하셨다는데
언제 아들 넷에 딸 하나를 낳았는지
나는 늘 그것이 궁금했다

무성한 봉분의 쑥대를 뽑으면서
조국이라는 낱말을 떠올려보고
모국어는 왜 부국어라 할 수 없는지 궁금했다

막걸리를 따르며 무릎을 접을 때 들리는

우드득 소리에 어느덧 나도 조부가 되었다
행복한 시대의 시인이라고
자칭한 것이 부끄러워 고개를 숙이고
고향을 두고 혼자 왔다.

8
청도역은 여태도 간이역이다
기차를 타면
소년기의 추억 하나가 떠오른다
그 시절 산골에는 이발소가 없었고
내 빡고머리는 아버지가 밀어주셨다
날카롭게 벼린 식칼로
물 적신 머리털에 빨래비누를 문질러 빡빡
중대가리를 만들어줄 때의 오한이 되살아나더니
육신의 아픔이 정절일 때를 기억나게 했다
촌놈과 성내놈의 차이는 이렇게 늙는 것이다
〈

그리고 그 후

나는 독일에 다시 가지 않았다

무사히 광부 일을 마치고 루프트한자를 타고

시베리아를 거쳐 알래스카에서 잠시 쉬고

태평양을 날아 귀국한 50년 전 이후

그래도 이따금

거친 그 거리에 두고 온 사랑과 우정

청춘의 진액이 소금처럼 반짝이며

그때의 짠맛이 그립기도 하고

프라우 구드룬의 날쌘 콧날과

입술을 말아서 빨아주던 키스를 생각한다

사랑도 Sex를 동반해야 오래 기억된다

나의 뼈, 나의 살, 나의 내장이

그때 그곳에서 무슨 짓을 했는지.

9

그리고 그 후

누가 팔자를 애타 하랴

지하철이 지상으로 달리는 금정역

먹자골목 입구 독도참치 집에는

이 밤도 술꾼이 가득 찼다

누가 사는 걸 두려워하랴

그래도 그렇지

포럼 전통과 미래

월례회 시간에 맞춰야 하는데

전화가 왔다

나에게 문명은 여전히 낯설고

이제 두려운 건 세월 가는 거

유행을 등진 시간에게

빈둥댐이 참 구차하다

올해 겨울

폭설이 내릴 때 나는 남도에 있었다

눈의 허상이 밤을 떠도는 그림자처럼

눈이 시처럼 내리다말다 할지라도

지나간 것은 아름다운 것이고

술렁이는 세상 한 쪽에서 꼬부리고 잔다

그리고 그 후.

10

다음에는 다르게 살 수 있는

그런 삶

그런 방법이 있으면 좋겠다.

11

넘치지 말자

술이 그렇듯이

말이 그렇듯이

노년의 삶이

종심소욕불유구라 해도

관홍장중하라는데

희망과 허망처럼

삶은

정의되지 않는다

그렇게 늙는다.

*노틀루선트 클라우드(noctilucentclouds) : 노르웨이, 알래스카 둥지의
고위도지방에서 나타나는 야광운.

신은 해석이 아니다

모두가 팔자려니, 아닐 때가 있다

세상사 바람이러니, 아닐 때가 있다

울고 싶어도 눈물이 나오지 않을 때
웃고 싶어도 웃음이 나오지 않을 때
말을 하려도 입술이 열리지 않을 때

세상사 그러려니, 운명에 맡겨도
그렇지 않을 때

사람은 신에 의지하거나
신을 원망하게 된다

불신과 숭신은 낱말 차이다.

외로워 아픈 날

혼자 앉은 찻집
창밖은 겨울
가로등 그렁그렁
눈이 내린다

어둑어둑 저무는 날
골목 끝에로
머리 하얀 사람이
서너 번 돌아보며 어설프게 가는데

식은 차 밀쳐두고
더운 차 시킨다

산이 높아야 메아리가 생기고
골이 깊어야 떨림이 길다
사랑과 우정도 그렇다.

그런 날

저리 바삐 배꽃 지는데

철지난
봄이
떠나지 못한다

들길이 강에 닿는 하늘 끝에
바람이 떼를 지어
초록 지느러미를 흔든다

하늘이 그렁그렁
금방이라도
울 것만 같다.

비 오는데

세상 지붕에
구름 덮더니
가을비 내린다

저들이
무슨 사연 전하려고 그러는지
혹 슬픈 일 있는지, 띄엄띄엄
젖기부터 한다

하나 또 하나
나는 청소를 하다가
떨어지는 낙엽을 본다

하늘이 그러한 나를
물끄러미 본다

비가 오는데―.

지나가는 배

배 가네

저 배
저리
물 위에 금 그어두면

뒤에 오는 배
길이 되리라

우리네 삶도
저와 같아라.

청춘열차

기차가
굴을 지나
모롱이를 돌아
낙동강변 비스듬히
출렁이는 강물 따라
바다가 기다리는 부산으로
성난 뱀처럼 대가리를 들고
청춘의 정오에 화통을 불며
가슴 열고 달린다
동쪽 해가 차렷 자세로
내달릴 준비를 하고 있다.

그러네

어스름에
어슴푸레해지는 세상이
동전 같네

지하철에서 기어나온 길이
신호등 앞에 잠시 멈추네

사람들의 하루가 날개를 접으며
가로등 밑을 지나 집에 가네

나는 친구를 만나러 가는데
시간이 어정쩡해서
일부러 느릿느릿 걸어서 가는데

가만,
방금 스쳐간 저 분
분명 어디서 봤는데

〈

오늘은 독하게 취해보려네.

쉼표

밤에 내린 눈
개여울 까만 돌 등에
하얀 나비이듯 앉아 있다
세상의 섬 같다

인생을 부운이라고 하는데
저 눈
어느 하늘 어떤 구름으로
어디를 얼마나 떠돌다가
간밤 이곳에 날개 접어
아침볕에 자기 몸 녹는 줄도 모르고
고단을 풀어내고 있다

쉬는 것이 노는 것보다 더 편한
쉼표 하나
작아지고 있다.

비켜가기

잠깐 조는데
시간 혼자 갔네

산다는 건 모양이 변해가는 것
고쳐지지 않는 게 습관이고
선택되지 않는 게 팔자다

마음에서 사랑과 미움을 빼면
살 맛이 날까

비밀은 밝혀지지 않을 때만 비밀이고
그런 비밀을 공유하는 게 우정일 수 있다

꽃이라고 다 곱지 않은 건
단지 마음 때문이다 아닐 수도 있다

삶에 대한 질문도 답도 구하지 말라

그러므로 인생엔

이정표를 두지 않는 게 옳다

다만 그대가 저지른 모든 패악은

탐욕심 탓이다.

탑

돌에 돌을 포개면 탑이 된다
하루하루 살다보면 일생이 된다

공든 탑이 무너지랴
인생도 그렇다고 치자
삶이 뜻대로 되면 재미가 있겠나

사랑도 부도 명예도 그렇다 치자
삶에 누가 값을 매길 수 있으랴

오래된 석탑 하나가
푸른 버짐을 둘러쓰고 세월을 이기느라
비스듬히 서 있다

저 탑, 사람이 만들었으나
스스로 탑이기 위하여
탑으로서 탑이 아닐 때까지 견딘다

〈

사람도 꼴값을 해야 하고

시도 그렇다.

그런 것일까

물에 하늘이 떨어져 있다

물이 깊을수록 하늘은 높다

물이 넓을수록 하늘은 멀다

물이 푸를수록 하늘은 맑다

하늘은 물의 청탁을 가리지 않고

물은 하늘의 태도를 거역하지 않는다

시도 사람도 그랬으면 좋겠다.

세상의 문

ⓒ2016 박현태

초판인쇄 _ 2016년 7월 5일

초판발행 _ 2016년 7월 9일

지은이 _ 박현태

발행인 _ 홍순창

발행처 _ 토담미디어

서울 종로구 돈화문로 94(와룡동) 동원빌딩 302호

전화 02-2271-3335

팩스 0505-365-7845

출판등록 제2-3835호(2003년 8월 23일)

홈페이지 www.todammedia.com

편집미술 _ 김연숙

ISBN 979-11-86129-48-7